# Merlin

## La Quête de l'Épéé

### TOME 2 . LA FORTERESSE DE KUNJIR

Scénario
Jean-Luc ISTIN
Dessin
Nicolas DEMARE
Couleurs
Sandrine CORDURIÉ

Les personnages de la série Merlin ont été imaginés par Istin et Lambert.

Merci à Sandrine et Jean-Luc,
surtout pour la patience, et puis tout le reste.
Sabjtum
Pastèque
Nico.

Dans la même collection

**Les Arcanes d'Alya**
*Debois - Lemercier*
1 tome paru

**Les Chemins d'Avalon**
*Jarry - Achile*
2 tomes parus

**Les Contes de l'Ankou**
*Collectif*
3 tomes parus

**Les Contes de Brocéliande**
*Collectif*
4 tomes parus

**Les Contes du Korrigan**
*Collectif*
8 tomes parus

**Le Crépuscule des Dieux**
*Jarry - Djief*
1 tome paru

**Dragons**
*Jigourel - Lemercier*
Beau Livre

**Les Druides**
*Istin - Jigourel - Lamontagne*
3 tomes parus

**Le Grimoire de Féerie**
*Istin - Debois - Minguez*
2 tomes parus

**La Légende de la mort**
*Babonneau*
1 tome paru

**Larmes de Fées**
*Debois - Mika*
1 tome paru

**Légendes de la table Ronde**
*Collectif*
3 tomes parus

**Merlin**
*Istin - Lambert*
8 tomes parus

**Merlin, la quête de l'épée**
*Istin - Demare*
2 tomes parus

**La Quête du Graal**
*Debois - Bileau*
1 tome paru

**La Rose et La Croix**
*Jarry - Richemond - Critone*
2 tomes parus

**Le Sang de la Sirène**
*Debois - Sandro*
1 tome paru

**Le Sang du dragon**
*Istin - Michel*
3 tomes parus

En langue bretonne

**Marvailhoù ar C'horrigan**
*E.&R. Le Breton - Istin - Peynet - Michel*
Levr kentañ : An Teñzorioù Kuzh

MAIS POUR COMBIEN DE TEMPS ?

DEPUIS PRÈS D'UNE SAISON, LE ROI EOLWYTH DU CLAN DES DANANN SUBISSAIT L'ASSAUT INTEMPESTIF DES ARMÉES DE FORMORII.

LA FORTERESSE DE KUNJIR, RÉPUTÉE INVIOLABLE, PROTÉGEAIT L'UN DES CHEMINS MENANT À LA MURÉAS, LA CITÉ DES TUATHA.

LE ROI EOLWYTH SEMBLAIT INQUIET ET LAS. IL NE PERCEVAIT AUCUN ESPOIR.

L'AIDE DES ELFES TARDAIT À VENIR... LE MAGE, ELZEKIEL, TENTAIT TANT BIEN QUE MAL DE LUI FAIRE CROIRE EN LA MYSTIQUE PROVIDENCE...

...ET LE BON ROI POUVAIT LUI FAIRE CONFIANCE...

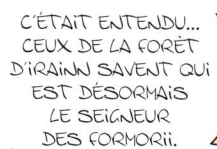 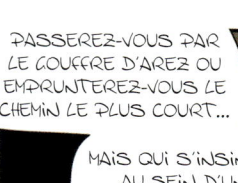 

C'était entendu... Ceux de la forêt d'Irainn savent qui est désormais le seigneur des Formorii.

Ils cherchent à venir en aide aux Tuatha.

Comme c'est généreux de leur part.

Le chemin est long jusqu'aux cimes de Kandor, Merlin.

Passerez-vous par le gouffre d'Arez ou emprunterez-vous le chemin le plus court...

Mais qui s'insinue au sein d'un combat des plus sanguinaires ?

Vous êtes un danger pour mes plans, jeune enchanteur. Comme j'aimerais broyer vos os.

Toutefois, sachez que, quelle que soit votre voie, mes guerriers cornaks seront là.

Le jour suivant, Merlin et ses compagnons traversaient les contrées de l'Annion, connues pour leurs roches rosées.

Lorsque le vent de l'ouest souffle délicatement sur les roches, les lucioles roses s'envolent.

GRUMF !

DIS-M'EN PLUS, LYADRIEL.

À QUEL PROPOS ?

LE TAVERNIER D'ATHELLYS NOUS A PARLÉ D'UN PAYS EN GUERRE.

LE PAYS DE LORME. UNE GUERRE OPPOSANT DES DIEUX !

UNE VIEILLE RANCŒUR A REFAIT SURFACE ET DE NOUVEAU LES TUATHA S'OPPOSENT AUX FORMORII.

GRÂCE À SA FRONDE MAGIQUE, IL ÉBORGNA LE DIEU MARIN !

LA VICTOIRE DES FORMORII ÉTAIT PROCHE ET ELLE EUT EXISTÉ SI LUGH LUI-MÊME, PROTECTEUR DES TUATHA, N'AVAIT MIS FIN AUX JOURS DE BALOR.

LES TUATHA, DÉBARRASSÉS DE CETTE MENACE, CHASSÈRENT LES FORMORII D'IRLANDE.

BALOR, UN GIGANTESQUE TITAN, LE PLUS REDOUTABLE DES DIEUX MARINS, DÉTRUISAIT QUICONQUE S'OPPOSAIT À SON PASSAGE. AFFUBLÉ D'UN SEUL ŒIL, IL PARALYSAIT L'ENNEMI D'UN REGARD.

VINT ALORS LA SECONDE BATAILLE DE MAGH TUIREADH. LES TUATHA ET LES FORMORII SE LIVRÈRENT UNE GUERRE SANS MERCI...

COMBIEN DE TEMPS TON INCANTATION VA-T-ELLE DURER ?

AUTANT DE TEMPS QU'IL FAUDRA !

JAMAIS UN NAIN NE FUT SI PROCHE D'UNE ELFE. ÉTRANGE... TU NE SENS PAS LA ROCAILLE COMME CEUX D'ICI.

UN NAIN DES FORÊTS ?

JE TE TENDS LA MAIN DE L'AMITIÉ.

ET C'EST AVEC PLAISIR QUE JE LA PRENDS...

C'EST QUE, CONTRAIREMENT À LA PLUPART DES NAINS, J'AI VÉCU DANS UNE FORÊT. COMME LA PLUPART DES ELFES.

LA FORÊT D'EBOR, CONNUE POUR SES ARBRES ENCHANTEURS.

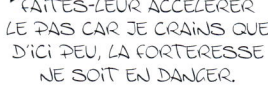

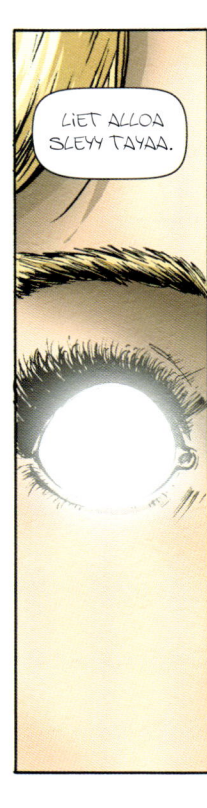

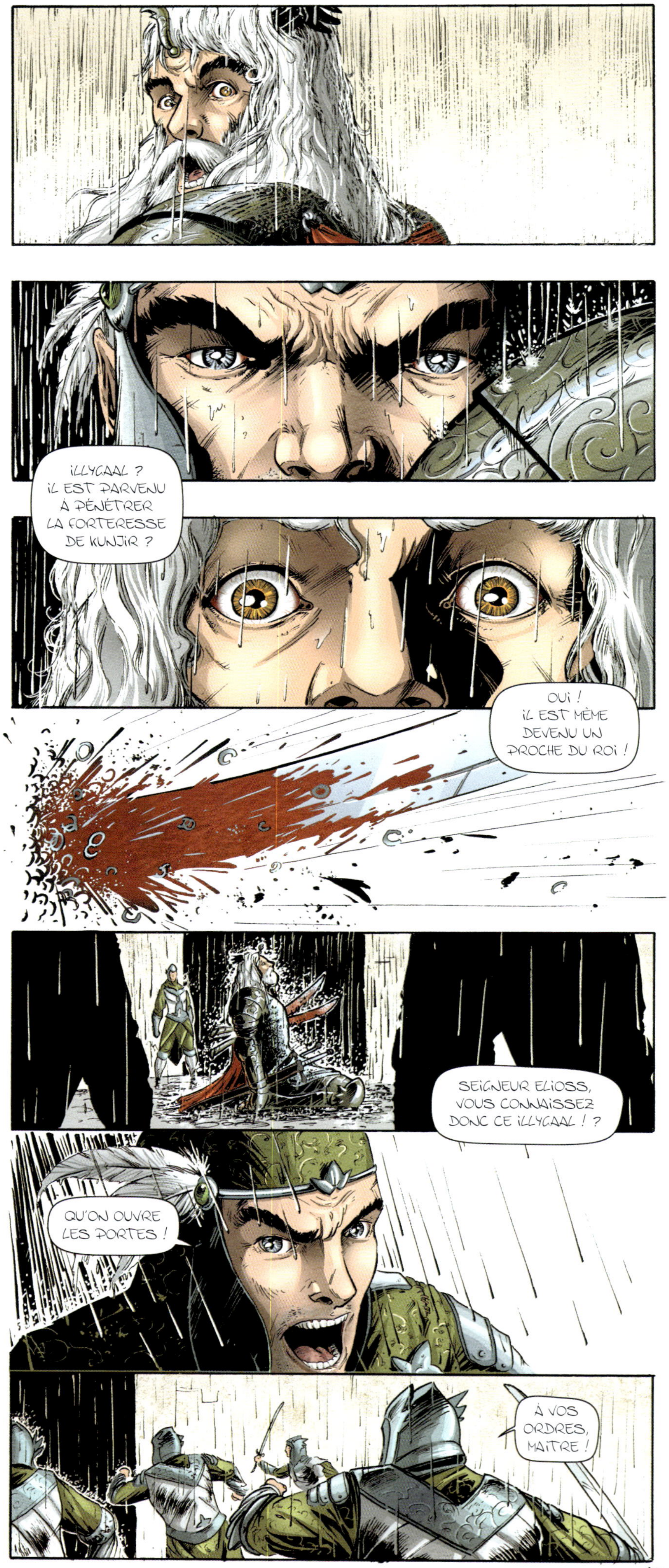